Karl Theodor Ferdinand Michael von
Inama-Sternegg

Adam Smith und die Bedeutung seines Wealth of nations für die moderne Nationalökonomie

Antigonos

Karl Theodor Ferdinand Michael von Inama-Sternegg

Adam Smith und die Bedeutung seines Wealth of nations für die moderne Nationalökonomie

Unveränderter Nachdruck der Originalausgabe von 1876.

1. Auflage 2024 | ISBN: 978-3-38698-831-5

Antigonos Verlag ist ein Imprint der Outlook Verlagsgesellschaft mbH.

Verlag: Outlook Verlag GmbH, Zeilweg 44, 60439 Frankfurt, Deutschland
Vertretungsberechtigt: E. Roepke, Zeilweg 44, 60439 Frankfurt, Deutschland
Druck: Libri Plureos GmbH, Friedensallee 273, 22763 Hamburg, Deutschland

ADAM SMITH

UND DIE BEDEUTUNG SEINES

WEALTH OF NATIONS

FÜR DIE

MODERNE NATIONALÖKONOMIE.

ADAM SMITH

UND DIE BEDEUTUNG SEINES

WEALTH OF NATIONS

FÜR DIE

MODERNE NATIONALÖKONOMIE.

ZUR ERINNERUNG AN DIE HUNDERTJÄHRIGE WIRKSAMKEIT SEINES
BERÜHMTEN WERKES.

———

REDE

BEI GELEGENHEIT DER FEIERLICHEN KUNDMACHUNG DER PREISAUFGABEN

GEHALTEN VON

KARL THEODOR VON INAMA-STERNEGG,

D. Z. RECTOR DER UNIVERSITÄT INNSBRUCK.

INNSBRUCK.

VERLAG DER WAGNER'SCHEN UNIVERSITÆTS-BUCHHANDLUNG.

1876.

Druck der Wagner'schen Univ.-Buchdruckerei in Innsbruck.

Unfere Zeit ift dem Heroencultus im Allgemeinen wohl
gründlich abhold. Die Entwickelungsgefetze der menschlichen
Cultur laffen die perfönliche Bedeutung immer mehr verfchwin-
den, je höher das durchfchnittliche Mafz geiftiger Tüchtigkeit
bei den Völkern fteht. Aber dennoch werden wir nicht umhin
können, einzelnen hervorragenden Männern einen entfcheiden-
den Einflufz auf die Gefchicke der Völker und Staaten zuzuer-
kennen; ja felbft einzelnen Thaten folcher Männer können wir
nicht immer eine folche weltbewegende, reformatorifche Bedeutung verfagen.

Und fo werde ich denn auch keinen unbedingten Wider-
fpruch zu beforgen haben, wenn ich einem Buche eine solche
fundamentale, gleichfam heroifche Bedeutung zufchreibe. Ich
beabfichtige dabei von einem Buche zu reden, welches genau
vor 100 Jahren erfchienen ift; von einem Buche freilich, das uns
Nationalökonomen über alles lieb und werth ift; von einem
Buche, das fchon vor feinem Erfcheinen von dem berühmten
englifchen Philofophen Fergufon*) als ein Werk angekündigt
wurde, das von nichts übertroffen werde, was jemals über irgend
einen Gegenftand irgend einer Wiffenfchaft veröffentlicht fei;
und von dem noch jüngft, nach mehr als hundert Jahren, Wil-
helm Roscher**) gefagt hat, es dürfte in der Gefchichte wenig
Beifpiele geben, dafz eine ganze Wiffenfchaft durch einen Mann
und ein Buch deffelben in fo kurzer Zeit einen fo grofzen und
nachhaltigen Fortfchritt gemacht hätte.

---

*) An Essay on the Hiftory of Civil Society 1766. (III. Ch. 4).

**) Gefchichte der Nationalökonomik in Deutfchland (Gefchichte der
Wiffenfchaften in Deusfchland XIV. Band) 1874. S. 593.

Im Anfange des Jahres 1776 trat es an das Licht der Welt; Adam Smith*) war fein Vater, und er nannte es in bezeichnendfter Weife: An Inquiry into the Nature and Caufes of the Wealth of Nations, eine Unterfuchung über die Natur und die Urfachen des Wohlftandes der Völker.

Heute, am Abfchluffe eines hundertjährigen ebenfo grofzartigen wie fegensreichen Wirkens diefes Werkes in Wiffenfchaft und Leben erfüllen wir nur eine Pflicht der Dankbarkeit, wenn wir uns vergegenwärtigen, was daffelbe bedeutete in der Zeit feines Erfcheinens, wenn wir anerkennen, was es gewirkt hat in feinem bisherigen Dafein, und wenn wir uns zum Bewufztfein bringen, was es uns jetzt ift und fein kann, wo wir am Anfange einer tiefgehenden, in ihren Ergebniffen noch unüberfehbaren Umgeftaltung der Nationalökonomie als Wiffenfchaft uns befinden.

Das Buch hat eine einfache Entftehungsgefchichte; aber es ift doch in ihr ein Zug von feltner Geiftesgröfze, der nicht unerwähnt bleiben darf, weil er wefentlich ift für die Charakteriftik des Verfaffers und feines Werkes. Smith war ehedem Profeffor der Moralphilofophie an der Univerfität Glasgow gewefen**) und hatte hier, der damals üblichen Behandlung diefer Disciplin entfprechend, während 13 Jahren neben natürlicher Theologie und Ethik auch die Grundfätze der Rechtsphilofophie und Politik vorgetragen.

---

*) Als der einzige Sohn des Zollcontrollors Adam Smith zu Kirkaldy in Schottland war er dafelbft geboren am 5. Juni 1723 und ftarb als königl. Zollcommiffär in Edinburgh im Juli 1790. Sein Leben ift eingehend und durchweg aus Originalquellen gefchildert von dem bekannten Philosophen Dugald Stewart als Einleitung zu A. Smith's Effays on philofophical fubjects; ferner von M'Culloch in feiner Ausgabe des Inquiry u. a.

**) Zuerft 1751 Profeffor der Logik, vom folgenden Jahre an aber bis zu feiner 1764 erfolgten Refignation Profeffor der Moralphilofophie. Die Univerfität Glasgow verlieh ihm fpäter (1787) in dankbarer Anerkennung feiner hervorragenden Leiftungen im Lehramt wie als Schriftfteller den Titel und die Würde eines Rectors, eine Auszeichnung, auf welche Smith einen fehr hohen Werth legte. ---

In diefe Zeit feines academifchen Wirkens fällt die Veröffentlichung feines erften gröfzeren Werkes, der berühmt ge-
wordenen Theory of moral Sentiments (1759)*), in welcher er
mit dem ihm eignen gefunden Realismus die Phänomene des
menfchlichen Gefellfchaftslebens auf ihren moralifchen Gehalt
unterfuchte, und mit der ihm eignen Kühnheit des Gedankens
die moralifchen Impulfe geradezu auf den Gefelligkeitstrieb der
Menfchen, auf ihr Verlangen nach Uebereinftimmung mit den
Nebenmenfchen, oder, wie er es nannte, auf die „fympathie" zu-
rückführte. Er war hier ein unmittelbarer, überlegner Nachfol-
ger eines Shaftesbury und Hutchefon, obwohl auch Bacon und
Locke's Einflufz nicht zu verkennen ift, ein Anhänger jener
weitverbreiteten und für die Ordnung des menfchlichen Gefellfchaftslebens fo folgewichtigen Lehre von dem Wohlwollen als
moralifches Agens, von welcher auch noch Kant feinen Aus-
gangspunkt genommen hat, und welche neuerdings in origineller
Weife von Herbart und Schopenhauer aufgenommen worden ist.

Mit dem Erfcheinen diefes Werkes änderte fich nicht uner-
heblich der Charakter feiner Vorlefungen. Die Partieen der natürlichen Theologie und Ethik wurden auffallend verkürzt und
der Schwerpunkt diefer praktifchen Philofophie in die Rechtslehre und Politik verlegt; bei der letztern befonders dem Wohl-
ftande der Völker ein Augenmerk gefchenkt.**)

Während er in der Rechtslehre fich am meiften an Montesquieu anfchlofz, der zu jener Zeit auch in England im höchften

---

*) Das Werk erlebte bis zum Tode des Verfaffers 6 Auflagen, abge-
fehen von mehren Nachdrucken, und wurde anch in fremde Sprachen mehr-
fach überfetzt. In der Ausgabe von letzter Hand (1790), hat der Verfaffer
viele Zufätze und Berichtigungen beigefügt, durch welche der vielfach überfehene Zufammenhang diefer Schrift mit dem Wealth of Nations deutlich her-
vortritt; aber als zwei Abtheilungen eines und deffelben Gegenftandes, wie
Buckle meint, können die beiden Werke trotz ihrer Uebereinftimmung in einzelnen Grundgedanken und in der Methode doch nicht aufgefafzt werden.

**) Dugald Stewart, account of the Life and Writings of A. S. (in der
Ausgabe feiner Effays on philofophical fubjects, Bafil 1799) p. LVIII.

Anfehen ftand,*) und deffen Schriften auf ihn einen nachhaltigen Eindruck gemacht, ftand er in der Politik und Wirthfchaftslehre ganz auf dem Boden, den feine Landsleute trefflich vorbereitet hatten.

Hatte ja doch die Nationalökonomie in England eine Vor-blüthe, welche durch Petty, Locke und North hervorgebracht, gerade zu jener Zeit in David Hume, mit dem Smith eng befreundet war, ihren geiftreichften Vertreter fand. Gegenüber dem franzöfifchen Merkantilismus, welcher feine volkswirthfchaftlichen Anfchauungen fo wenig über die privatwirthfchaftlichen Gefichtspunkte zu erheben vermochte, dafz er Geld und Reichthum identificirte, und in dem Nationalwohlftande nur ein Product der induftriellen und commerciellen Veranftaltungen einer abfoluten Regierung erblickte, waren die englifchen Nationalökonomen bemüht, auf die naturgemäfzen Phänomene des Wirthfchaftslebens, auf die Bedeutung der Selbftthätigkeit des Volkes und auf die Einflüffe aufmerkfam zu machen, denen die Wirkfamkeit der Staatsregierung ebenfo wie die freie Bethätigung des wirthfchaftlichen Strebens durch die einzelnen Staatsangehörigen unterliege. So hatten fie zur Erkenntnifz einer Menge einzelner wirthfchaftlicher Erfcheinungen und Vorgänge wefentliches und vorzügliches beigebracht und berührten fich fchon in merkwürdiger, für die Folge charakteriftifcher Weife mit den gleichzeitigen Strömungen einer praktifchen Philofophie und mit den gleichzeitigen Anfängen einer praktifchen, gewaltig umgeftaltenden Staatslehre.**)

Dafz freilich Smith fchon damals in feinen Vorlefungen fo manche Irrthümer der herrfchenden Lehre aufdeckte, dafz er origineller und tiefer war, als alle feine Vorgänger, das wufzten nur die wenigen, welche das Glück hatten, feine Schüler

---

*) Vgl. Dugald Stewart ib. XLVIII.

**) Vgl. W. Rofcher zur Gefchichte der englifchen Volkswirthfchaftslehre in den Abhandlungen der königl. fächf. Gefellfchaft der Wiffenfchaften Philof.-philolog. Klaffe II. Band 1857.

zu fein und fonft mit ihm in engen perfönlichen Beziehungen ftanden.*)

Vier Jahre lang nach dem Erfcheinen feiner Theory of moral Sentiments war Smith noch als Lehrer thätig und erwarb fich zugleich in den Kreifen der Glasgower Kaufleute und Induftriellen reiche praktifche Anfchauungen wirthfchaftlicher Verhältniffe.**) Dann trieb ihn die unwiderftehliche Luft zur Beobachtung des Verkehrslebens fort von der gemeffenen Bahn des academifchen Lehramts in die weite Welt. Eine günftige Gelegenheit in Begleitung des Herzogs von Buccleugh Frankreich zu bereifen, ergriff er mit um fo gröfzerem Vergnügen, als gerade in diefer Zeit dort die junge Schule der Oekonomiften fich aufthat, die alles Bisherige in Schatten zu ftellen fchien. Der Reinertrag der Bodenproduction war ihnen die einzige Reichthumsquelle der Nationen, und die Herftellung der liberté de la concurrence die einzige werthvolle Leiftung des Staates für die Volkswirthfchaft; denn eine natürliche Ordnung der Dinge beherrfche fie und die Gefellfchaft vermöge fich nur folche Gefetze zu geben, welche in den von den natürlichen Gefetzen gezogenen Kreifen fich bewegen. (Dupont de Nemours.)

Zwar geiftig bedeutender als die hervorragendften nationalökonomifchen Denker Englands waren die „Oekonomiften" in keiner Weife, weder an Schärfe der Beobachtung und des Urtheils noch an Sicherheit der Schlüffe und ordnendem Ueberblick über die Einzelheiten des Wirthfchaftslebens; aber die lebendigen Beziehungen in welche fie ihre Wirthfchaftslehren im Geifte der Encyclopädie mit Naturrecht und Politik zu fetzen verftanden, der praktifch hochbedeutfame fociale Hintergrund den fie ihnen gaben, das vermehrte nicht blofz in hohem Grade ihre Erfolge, fondern gab ihren Lehren in der That einen Werth und eine eminent praktifche Bedeutung, durch welche fie die Leiftungen ihrer englifchen Vorgänger zu verdunkeln vermochten.

---

*) Dugald Stewart ib. LIX.
**) Dugald Stewart ib. LVIII.

In Frankreich nun pflegte Adam Smith anregenden Umgang mit Philofophen und Staatsmännern, befonders mit Quesnay, Turgot, Necker, d'Alembert, Helvetius, Marmontel u. a., die faft alle an der Neugeftaltung der ökonomifchen Theorie einen unmittelbaren Antheil hatten. So fehr er aber auch in diefem Verkehr Belehrung und Befriedigung feines Wiffensdurftes empfing, fo fehr er im Einzelnen der Uebereinftimmung feiner eignen Anfchauungen mit denen eines fo bedeutenden Mannes wie Turgot fich erfreute,*) fo war er doch weit entfernt, dem phyfiokratifchen Syftem fich rückhaltlos hinzugeben und auf eigne beffere Ueberzeugung einer rafch zu grofzer Bedeutung herangewachfenen Schule gegenüber zu verzichten. Vielmehr kann geradezu angenommen werden, dafz das fremde Licht, das auf die Arbeit des eignen Geiftes fiel, ihm die Schwächen und Lücken feines eignen Syftems zeigte, und ihm zum Impuls wurde, dasfelbe congenial zu erweitern, wie es ihn anderfeits befähigte, die bisherigen ökonomifchen Doctrinen und befonders das junge phyfiokratifche Syftem in feiner ganzen Einfeitigkeit, feiner fchiefen und oft oberflächlichen Darftellung zu erkennen, ohne den bedeutfamen Fortfchritt zu mifzachten, der darin gegenüber der ältern Schule der Merkantiliften und zum Theil fogar der englifchen Schule gelegen war.**).

Im Herbft 1766 kehrte Adam Smith nach England zurück, zog fich mit der von ihm unendlich geliebten Mutter in fein Heimathdorf Kirkaldy in Schottland zurück, und lebte hier faft zehn Jahre in der Einfamkeit, nur der Erforfchung der ökonomifchen Probleme gewidmet. In der Stille des abgelegenen Dorfes reifte langfam die Frucht der Erkenntnifz; in echt philofophifchem Verfenken in die Tiefen feines Problems that fich ihm der bisher überfehene geiftige Zufammenhang der Erfcheinungen auf, und

---

*) Dugald Stewart ib. S. LXVI.

**) A. Smith, Wealth of Nations IV. 9: „This fystem, however, with all its imperfections is, perhaps, the nearest approximation to the truth that the yet been publifhed upon the fubject of political oeconomy.

als er gegen Ende des Jahres 1775 feinem Schreiber den letzten
Bogen des Wealth of Nations in die Feder diktirt hatte, konnte
er mit Genugthuung ausrufen: Εὕρηκα.

Gelöft war das grofze Problem, ob es möglich fei, die Mannigfaltigkeit und fcheinbare Regellofigkeit der wirthfchaftlichen
Erfcheinungen wiffenfchaftlich zu erfaffen, das ordnende Princip
und Gefetz derfelben zu ergründen, oder ob auf immer die Erkenntnifz der wirthfchaftlichen Vorgänge auf der Stufe eines rei-
nen Empirismus zu verharren verurtheilt fei; in entfcheidender
Weife gelöft zu Gunften der Wiffenfchaft. Das geiftige Band
war hergeftellt, das bisher gefehlt; feft und bedeutungsvoll um-
fchlang es die Theile des Wiffens, welche eine frühere Beobachtung bereits gewonnen hatte, jedem im wohlgeordneten Gefüge
der Gedanken die rechte Stelle anweifend und alle in ihrem
Werthe erhöhend durch die Beziehung zu verwandten Erfcheinungen und zu dem ganzen grofzen Grundgedanken. Mit küh-
nem Griffe hob er die wirthfchaftlichen Phänomene heraus aus
ihrer Verbindung mit dem ganzen gefellfchaftlichen und ftaatlichen Leben und ftellte fie dar als eine Welt für fich, mit ihren
eignen Dafeinsformen, ihren eigenen Intereffen und ihren eigenen Funktionen und Entwickelungsgefetzen. Es ift kein Zweifel,
dafz von jetzt an die Wiffenfchaft begründet war, aber auch,
dafz fie durch diefes Werk begründet wurde; denn jetzt erft
hatte fie ihr eignes Princip, das fie felbftändig machte und nicht
mehr blofz als Theil einer fremden Disciplin gelten liefz. Jetzt
erft war ihr Gebiet umfchrieben und ihre Aufgabe klar bezeichnet, als die Wiffenfchaft „von der Natur und den Urfachen des
Wohlftandes der Nationen". (W. of N. IV. 9.)

Obgleich aber Smith die Nationalökonomie von den übrigen
Wiffenfchaften prinzipiell fcheidet und fie als eine felbftändige
Wiffenfchaft zu behandeln lehrte, verlor er doch keinen Augen-
blick den Zufammenhang derfelben mit den übrigen Zweigen
der Wiffenfchaft von der Gefellfchaft und vom Staate aus den
Augen, und begründete damit erft recht die Wirkfamkeit feines

Werkes wie er feine eigne überlegene Perfönlichkeit damit in's volle Licht fetzte. Er tadelt es an den Phyfiokraten, dafz fie in ihren Schriften nicht allein vom Nationalwohlftand, fondern auch von allen andern Zweigen der Politik handeln;*) und wir wiffen, dafz es felbft Turgot nur unvollkommen gelang, die ökonomifchen Betrachtungen aus ihrer gewohnten Vermengung mit Naturrecht und Politik los zu löfen.**) Aber doch weifz auch Smith nicht nur feine nationalökonomifchen Lehren mit dem Geifte und mit den ftaatlichen wie gefellfchaftlichen Ideen jener Epoche in vollfter Harmonie zu erhalten; er ift fich diefes Zufammenhanges auch wohl bewufzt und verknüpft feine Lehre durch taufend ftarke Fäden mit dem jungen mächtig aufftrebenden Bau einer neuen Staats- und Gefellfchaftsordnung, an dem die Culturvölker alle in voller kräftiger Bewegung arbeiteten. In dem Wealth of Nations ift der Geift des Zeitalters, das für die fpätere Entwickelung der europäifchen Staatengefellfchaft mafzgebend werden follte, zum vollkommenften Ausdrucke gebracht, und fo ift feine Wirthfchaftslehre nicht blofz eine abftracte Theorie des wirthfchaftlich zweckmäfzigen Verhaltens, fondern in letzter Linie eine Weltanfchauung: der ökonomifche Liberalismus als ein felbftändiges Gebiet des grofzen freiheitlichen Gedankens, der nach jahrhundertlanger Vorbereitung eben anfing, feinen fiegreichen Einzug in Verfaffung und Gefetz, in Staatsverwaltung und Gefellfchaftsordnung zu halten und das grofze Entwickelungsgefetz der Menfchheit auch jetzt wieder zu verwirklichen, das als ein regelmäfziger Fortfchritt von der geiftigen und bürgerlichen Freiheit und Macht der Wenigen zur Freiheit und Macht der Vielen bezeichnet worden ift. ***)

---

*) W. of N. IV. 9. This sect, in their works, wich are very numerous, and wich treat not only of what is properly called Political Oeconomy, or of the nature and causes of the wealth of nations, but of every other branch of the fystem of civil government . . .

**) Vgl. auch W. Roscher Gesch. d. Nat Oek. S. 481 u. 594.

***) Gervinus Einleitung in die Geschichte des 19. Jahrh. 1853.

Es ift eine einfache, grofze, aber doch fo mühfam gewon-
nene Wahrheit, welche für Adam Smith gleichfam das ordnende
Prinzip der ganzen Wirthfchaft bildet. Arbeitfamkeit und Spar-
famkeit, das find die beiden mächtigen Hebel des Volkswohl-
ftandes. Sie find die Quellen, aus denen jedes Volk die Mittel
fchöpft, die es jährlich für fein Bedürfnifz braucht; und von der
immer vortheilhafteren Anwendung der Arbeit und der immer
zweckmäfzigeren Anwendung des über den Bedarf Erarbeiteten
wird die Ausdehnungsfähigkeit und damit die Steigerung der
Cultur bedingt. Der grofze Lehrmeifter diefer beften Verwendung von Arbeit und Kapital aber ift das Eigenintereffe, das die
zu allen Zeiten fich gleichbleibende Menfchennatur mit unwiderftehlicher Gewalt antreibt zu der forgfamften Verwendung des
Gütervorrathes und zu der energifcheften Anwendung der Arbeit, fobald nur jeder frei ift, im gleichberechtigten Wettkampf
um die Güter diefes Lebens zu werben. So wird durch die
Gleichheit der menfchlichen Naturanlage, und die Gleichartigkeit
der Motive des wirthfchaftlichen Handelns in beftimmter Zeit,
ein Gleichgewicht der Bedürfniffe und der Güter erzeugt, das
fich felbft erhält und in diefem befteht eben der Wohlftand der
Völker.

Das ist der Grundrifz der Gedanken, auf welchen diefes
Werk aufgebaut ift. Einfach und klar, wie diefer, ift auch die
ganze Struktur des Baues und die Gliederung im Einzelnen; und
nicht minder ift es durch Reichthum der Details, Fülle der con-
creten Beobachtungen aus dem unmittelbaren Leben wie aus der
Gefchichte vergangener Zeiten, aber auch durch die Schönheit
der Sprache und den Adel der ganzen Lebensanfchauung aus-
gezeichnet.

Das war ein Werk, würdig jener felbftbewufzten, thaten-
durftigen Zeit, die mit ihrem kühnen Drange nach Freiheit und
Aufklärung und mit ihrer edlen Menfchenliebe in fo fcharfem
Gegenfatz zu der gefellfchaftlichen Verknöcherung und der
ftaatlichen Allbevormundung der vorangegangenen ftand; ein

Werk fo recht für die Welt gefchrieben, gleichfam als Codex
der unveräufzerlichen Menfchenrechte im Bereiche des Güterlebens; für die frühgereiften Engländer der geiftige Abfchlufz
ihrer Verfaffungskämpfe und die Sanktion des Prinzips ihres
felfgovernments; für die continentalen Völker ein Schiboleth,
mit deffen Wunderkraft fie die unerträgliche Bevormundung ab-
fchütteln und die Nothwendigkeit ihrer Reifeerklärung fogar
durch den Hinweis auf das vom eudämoniftifchen Polizeiftaate
felbft ftets vorgefchobne Gemeinwohl aufs bündigfte beweifen
konnten.

Selbft die Einfeitigkeiten feiner Auffaffung waren für feine
Zeit ebenfo berechtigt, wie fie ihren Grund in derfelben hatten;
die überwiegende Betonung des Eigenintereffes, die ausfchliefz-
liche Rückficht auf die materiellen Güter, die beftändige Hervor-
hebung des Taufchverkehrs und der Marktfeite des wirthfchaftlichen Lebens mit feiner ftreng abgleichenden Geldrechnung,
die vornehmliche Berückfichtigung endlich der Quantitäten der
Werthserzeugung und die Unterordnung der Fragen einer guten
Gütervertheilung: alle diefe Einfeitigkeiten, um deren Willen uns
heute das Werk von Adam Smith ungenügend, fein Syftem un-
fertig und theilweife irrig erfcheint, fie bewirkten doch zunächft
in feiner Zeit, dafz die Nothwendigkeit wirthfchaftlicher Freiheit
um fo fchlagender zu beweifen, die Gewährung freier Concur-
renz um fo leichter zu erreichen war, und dafz der mit den Mit-
teln einer radical veränderten Technik aufftrebenden Induftrie
der fchärffte Sporn zur Verwerthung der verfügbaren Productiv-
mittel gegeben, und dadurch in der That ungeahnter wirthfchaftlicher Fortfchritt in rafcheftem Tempo erzielt wurde.

So fteht heutzutage das Urtheil feft über die Bedeutung
diefes Werkes in feiner Zeit und über das Verhältnifz desfelben
zu den früheren Leiftungen und Errungenfchaften einer Theorie
des Volkswohlftands.

Aber was uns Fernftehenden und objectiv Urtheilenden auf
Grund des eingehendften Studiums der Gefchichte national öko-

nomifcher Ideen zu erkennen möglich ift, das war doch nicht in
eben dem Mafze der Fall in der Zeit, in welcher das Werk erfchien. Als Nationalökonom war Adam Smith damals noch
nicht bekannt; fein Inquiry war eine Erftlingsarbeit auf diefem
Gebiete und es darf nicht Wunder nehmen, wenn fie zuerft von
den Schriftftellern des Faches etwas kühl, mit Referve, ja mit
kleinlicher Kritik aufgenommen wurde.*) Zwar lobte man die
Schönheit der Sprache, den Reichthum der Gedanken und die
Fülle der Beobachtung, welche in dem Werke niedergelegt waren; ja man fühlte wohl, dafz diefes Werk fich über die Erzeug-
niffe des Tages empor hebe; aber in dem man es mit dem Mafz-
ftabe der damaligen Kenntnifz mafz, erklärte man es im Allgemeinen vielfach für unverftändlich, im Befondern aber fand man
vieles bereits bekannte, manches unrichtig und ungenau; — ja
feine Gegner, die fich aus dem Banne der Schule nicht frei zu
machen wufzten, überfahen gerade den eigenften Genius des
Werkes und, indem fie auf Gedanken ftiefzen, die auch vor Smith
fchon ausgefprochen wurden, verkleinerten fie den Werth der
ganzen Leiftung, fo dafz fich noch fein geiftreicher Biograph
Dugald Stewart veranlafzt fah, diefen Mann im Punkte der Ori-
ginalität zu vertheidigen.**)

---

*) Vgl. felbst die Stelle aus dem intereffanten Brief feines Freundes
David Hume nach Empfang des Werkes: „It was a work of fo much expecta-
tion, by yourfelf, by your friends, and by the public, that I trembled for its
appearence; but am now much relieved. Not but that the reading of it ne-
ceffarly requires fo much attention, and the public is difpofed to give fo little,
that I fhall ftill doubt for fome time of its being at firft very popular. But
it has depth and folidity and acuteness, and is fo much illuftrated by curious
facts, that it must at laft take the public attention . . . If you were here at
my fire-fide, I fhould difpute fome of your principles . . . . . bei Dugald
Stewart ib. LXXIV., ferner Buckle hift. of Civil. II. 6 (S. 451 der Ruge'fchen
Ueberfetzung).

**) Vgl. Dugald Stewart ib XCV. Was hier insbefondere über fein
Verhältnifz zu Turgot bemerkt ift, darf noch immer beherzigt werden von
Lefer u. a., welche A. Smith unter die Phyfiokraten rechnen. Vgl. auch noch
Anm. zu S. 10 und W. Rofcher Gefch. d. Nt. Oek. S. 484: «Adam Smith wird
von den Phyfiokraten nicht mehr gelernt haben, als ein durchaus felbftändiger

Diefer Art war die Aufnahme des Werkes befonders am Continent, wohin es für damalige Verkehrsverhältniffe auffallend rafch gedrungen war.*) Englifche Bücher erfreuten fich eben damals im Allgemeinen einer grofzen Gunft des europäifchen Feftlands, nicht nur auf dem Gebiete der Staatslehre, für welche feit Montesquien die englifchen Verfaffungszuftände als das voll-kommenfte Mufterbild, und Werke über die ftaatlichen und ge-fellfchaftlichen Zuftände als die lehrreichften Schriften für die feftländifche Staatswiffenfchaft angefehen wurden. Deutfchland fpeciell hat das Verdienft, die erfte Ueberfetzung des Werkes fchon im Jahre feines Erfcheinens (1776) begonnen zu haben. Auch ift die Anzahl der Recenfionen nicht gering, welche in den erften beiden Jahren erfchien. Ueberall dasfelbe Lob, derfelbe Tadel, diefelbe kleinliche Kritik. Dann aber verftummt beides und für die ökonomifche Literatur bis gegen Ende des Jahrhun-derts ift Smith entweder gar nicht vorhanden oder ein leerer Name mit einigen fteretotyp an denfelben geknüpften Redens-arten.

Frankreich überfetzte ihn zuerft im Jahre 1779 und widmete ihm, wie es fcheint, eine gröfzere Aufmerkfamkeit; aber doch ift jedenfalls der Einflufz feines Werkes auf die nach dreizehn Jahren ausgebrochne Revolution ein äufzerft geringer, und die wilden Bewegungen und Stürme derfelben fetzten einer weiteren rafchen und intenfiven Verbreitung vorerft eine Schranke; erft nach Be-endigung derfelben beginnt die eigentliche Wirkfamkeit von Adam Smith in Frankreich.

Am fpäteften unter den bedeutenden Culturvölkern ift der

---

grofzer Mann von feinen älteren, doch jedenfalls minder grofzen Fachgenoffen zu lernen pflegt. Auch wird nicht zu überfehen fein was Dugald Stewart in Betreff der Uebereinftimmung in den Grundgedanken feines «Inquiry» mit den 1752—53 an der Univerfität Glasgow gehaltenen politifchen Vorlefungen S. XII und XCVI berichtet.

*) Vgl. die fehr forgfame und vollftändige Zufammenftellung von Nach-richten hierüber bei W. Roscher l. c. S. 597 f.

Einflufz Smith'fcher Ideen bei den Italienern wahrzunehmen.*)
Ihre eigene ältere, höchft bedeutende Nationalökonomik, die in
vielen Punkten der Entwickelung der Theorie anderer Länder
vorausgeeilt und jedenfalls weniger einfeitig war als die im Merkantilismus oder Phyfiokratismus befangene deutfche und fran-
zöfifche Lehre; ihre literarifche Ifolirung wie ihre politifche Situ-
ation: alles das wirkte zufammen, dafz die grofze geiftige That
des fernen Schotten fpäter als anderswohin den Weg nach Italien
fand und auch dann nicht jenen umgeftaltenden Einflufz äufzerte
der für die wiffenfchaftliche Entwickelung von Frankreich und
Deutfchland charakteriftifch ift.

In England felbft, deffen nationalem Genius das Werk fo
entfprechend, in deffen nationaler Wirthfchaftslehre fo viel Vorbereitung für das Verftändnifz der Smith'fchen Lehren geboten
war, ift auch die Anerkennung feiner Leiftung bald allgemein
geworden, und die Verfuche, die Auffaffungen von Smith zu be-
kämpfen, glückten nur in einigen einzelnen für das Prinzip und
das Syftem wenig bedeutenden Punkten. Dagegen erwies fich
hier fehr bald der tiefgehende Einflufz auf Theorie und Praxis.
Seit 1783 wurde im Parlamente die Autorität A. Smith's immer
häufiger angerufen und kurz nach feinem Tode hielt ihm Pitt im
Parlamente eine Gedächtnifzrede, welche den vollftändigen Sieg
feiner Prinzipien bekundete und der vollen Werthfchätzung feiner
Bedeutung einen beredten Ausdruck gab.**)

Auch auf dem Continente war übrigens der Sieg der Smith'-
fchen Wirthfchaftsgrundfätze nur eine Frage der Zeit; und er
liefz nicht lange auf fich warten. Die phyfiokratifche Lehre der
Franzofen wurde felbft in dem Lande ihrer Heimath nicht wei-
tergebildet; in Deutfchland fand fie überhaupt wenig Anhänger;

---

*) Vgl. u. a. (Knies) die Wiffenfchaft der Nationalökonomie feit A.
Smith in der „Gegenwart" VII. 1852 und Kautz die gefchichtl. Entwickelung
der Nationalökonomik und ihrer Literatur. Wien 1860.

**) Buckle l. c. I. 4. (Ueberf. I. S. 183). Sartorius Abhandlungen über
die Elemente des Nationalreichthums etc. I. 1806. S. 76.

der alte, wenn auch verbefferte Merkantilismus aber, der hier in
der Cameral- und Polizeiwiffenfchaft noch fein Leben friftete,
bot dem neuen Syftem gegenüber doch keine Widerftandskraft.
Aber freilich war auch hiedurch in Deutfchland die Wiffenfchaft
noch weniger reif für die Aufnahme der geläuterten Grundfätze
des Smith'fchen Syftems und fand eben defzhalb hier auch
gröfzere Schwierigkeiten;*) was den Engländern lange fchon ge-
läufig geworden war, die Erfaffung des natürlichen Zufammen-
hangs der einzelnen Erfcheinungen, und die naturgefetzliche
Betrachtung der Nationalökonomie in einzelnen Theilen; was
bei den Franzofen durch ihre Phyfiokratie wenigftens philofo-
phifch begründet war, das ging in Deutfchland unter durch die
fchwerfällige und unwiffenfchaftliche Behandlungsweife, wo es
etwa verfuchte durchzubrechen.**) Auch der politifche und phi-
lofophifche Gedankenkreis, auf welchem die Smith'fche Wirthfchaftslehre beruhte, fand in den deutfchen Zuftänden noch gegen
Ende des Jahrhunderts feinen ausgefprochenften Gegenfatz;
aber vielleicht gerade defzhalb erfchien hier Smith allen denken-
den und freieren Geiftern wie ein Erlöfer aus dem Banne des
bisherigen Syftems, und wurde von ihnen auch rückhaltlofer als
irgendwo acceptirt.***)

Und auch die übrigen Länder, wo nicht, wie etwa fpäter
in Rufzland unter Cancrin's gewaltthätiger Prohibitivpolitik, die
Feindfchaft gegen das Ausländifche zum Syftem erhoben wurde,

---

*) Vgl. die bezeichnenden Aeufzerungen von Sartorius (bei Rofcher l.
c. S. 601): der Glaube an alte Sätze, die fchon in fo vielen Compendien
ftehen, ift fo fanft und füfz, und das Nachdenken und fich zu eigen Machen
einer neuen und dunkel ausgedrückten Lehre koftet fo viel Zeit und Mühe,
dafz man fchneller ein eignes Buch cameraliftifchen Inhalts zufammen fchreibt,
bevor man in demfelben Zeitraume Smith würde verftanden haben.

**) Wie unverftanden und ifolirt blieb nicht z. B. Süssmilch (1742) der
einzige und für feine Zeit doch fehr bedeutende Sociologe in Deutfchland.

***) Vgl. wieder Sartorius, der felbft eingeftandermafzen lieber die er-
kannten Irrthümer von Smith nebft den Wahrheiten hinnahm, nur um den
Vortheil des durchgebildeten Gedankenfyftems zu geniefzen. Roscher ib S. 616.

gehörten bald in Theorie und Praxis der neuen Richtung an, fo
dafz felbft ein fo heftiger Gegner wie Marwitz im Jahre 1810
von ihm fagen mufzte, Smith fei neben Napoleon der mächtigfte
Herrfcher in Europa.*)

Ja feine Ideen hatten ihren Gang durch Europa gemacht,
und hatten in unauslöfchlichen Spuren dem Jahrhundert ihr Ge-
präge aufgedrückt. Unabläffig waren von Beginn des Jahrhunderts an die Lehrer der Volkswirthfchaft thätig, die Lehren des
grofzen Meifters zu verbreiten, zu verbeffern und zu verdeut-
lichen. In England Ricardo, Malthus, M'Culloch, in Frankreich
J. B. Say, in Deutfchland K. H. Rau wurden die eigentlichen
Grundpfeiler, auf welchen fich der grofzartige Bau der jungen
Wiffenfchaft erhob. Aber nicht blofz als Nationalökonomen,
man fchätzte und verehrte Smith als Lehrer der ganzen Staatswiffenfchaft über alles;**) man verfuchte die praktifche Staatsverwaltung mit der Smith'fchen Volkswirthfchaftslehre zu be-
fruchten;***) ja felbft der Neubau moderner Staats- und Gefell-
fchaftsverfaffung wurde fo ziemlich überall auf den Grundlagen
der Smith'fchen Staatsauffaffung errichtet. So ward jeder Kathe-
der eine Pflanzftätte feiner Theorien, jedes Bureau und jede
Staatskanzlei, jedes Parlament und jede Ständeverfammlung ein
Verfuchsfeld für ihre praktifche Ausgeftaltung. Und wie mächtig wurden alle diefe Beftrebungen unterftützt durch die eben in
ungeahntem Auffchwunge begriffene moderne induftrielle Technik, deren Wirkungen A. Smith, ohne fie noch zu kennen, mit
vorahnendem Geifte bereits in feinem Syfteme des Nationalreichthums im lebensvollften Bilde gefchildert hatte! Jede Ma-
fchine, jeder neue Fabrikbetrieb mit einer weitergehenden Ar-

---

*) Vgl. F. Lift, das nationale Syftem der polit. Oekonomie, in feinen
gefammelten Schriften III. Vorrede S. XXXVIII.

**) Vgl. u. a. die Vorrede von Mosham's Bearbeitung der Sonnenfels'-
fchen Grundfätze (1801) S. VIII, wo er Sonnenfels, Montesquieu, Smith und
Genovefi als die hervorragendften Vertreter der Staatswiffenfchaften bei den
vielen Culturvölkern bezeichnet.

***) Roscher über Kraus a. a. O. S. 621.

beitstheilung und einer Entlohnung der Arbeiter nach dem Stück anſtatt nach der Zeit, jedes Dampfſchiff und jede neue Verkehrs- ſtraſze wurde zur Bahn für ſeine Siegeszüge; die ganze moderne Entwickelung der Volkswirthſchaft wie ſie vielmehr ein Product der techniſchen als der politiſchen und rechtlichen Veränder- ungen iſt, hatte in A. Smith ihren Propheten und ihren Lehr- meiſter, ihren Theoretiker und ihren Apologeten. Und dieſe Zeit der unbefangenen Friſche, der noch ungetrübten Freude an den neuen Fortſchritten der Volkswirthſchaft auf allen ihren Ge- bieten nahm bereitwillig den ganzen A. Smith mit ſeinen Con- ſequenzen hin, ja kritiklos ſelbſt mit ſeinen Schülern, die nicht immer es verſtanden, die weiſe Mäſzigung des Meiſters zu beob- achten, vielmehr ſeine Schwächen mehr als ſeine Tugenden fort- ſetzten (Roſcher). Man ergänzte und erweiterte ihn, corrigirte wohl auch Einzelnes, aber man hielt an ihm feſt und es erfüllte ſich das Wort, welches Pulteney im Jahre 1797 im Parlamente ausſprach, daſz Smith die lebende Generation überzeugen, die nächſtfolgende beherrſchen werde.*) Ja ſelbſt ſeine Gegner brachten dieſelbe Auffaſſung des Mannes bewuſzt oder unbe- wuſzt zur Geltung. Sie bekämpften ihn nicht nur als National- ökonomen, ja nicht einmal hauptſächlich als ſolchen; ſelbſt Män- ner von ausgeſprochnem gegneriſchen politiſchen Standpunkte konnten ſich ſeines Einfluſſes in ihrer Wirthſchaftslehre nicht er- wehren. Sie bekämpften ihn vornehmlich als Politiker, als Mo- raliſten und Philoſophen; der Mann war ihnen ſelbſt bereits zu einem Geiſte herangewachſen, welcher über das Specialfach weit hinausragte. Und ſie bekämpften ihn vielfach in ſeiner Schule, ohne es zu wiſſen, in welchen Punkten er ſich von ihr unterſchied.

Erſt der neuern hiſtoriſchen Richtung in der Nationalöko- nomie, zunächſt den literarhiſtoriſchen Bemühungen, iſt es ge- lungen, den echten Smith wieder zu Tage zu ſtellen**) und es

---

*) Vgl. Buckle l. c. I. 4. (S. 183).

**) Wir brauchen u. a. nur an die Verdienſte von Hildebrand, Knies,

zeigte fich auch hier wieder bewahrheitet, was J. St. Mill als allgemeine Wahrnehmung ausfprach: „Selbft wenn in dem Geifte des weiferern Lehrers eine gerechte Abwägung der Sätze fich vollzieht, fo wird diefz-doch nicht bei feinen Schülern, noch weniger bei dem grofzen Publikum der Fall fein. Der Lehrer kann nicht hindern, dafz das was an feiner Lehre neu ift, und was er eben defzhalb um fo ftärker hervorheben mufz, einen unverhältnifzmäfzigen Eindruck macht. Der kräftige Anftofz, welcher erforderlich ift, um die Hinderniffe zu überwinden, welche fich jeder Neuerung in Meinungsfachen entgegenftellen, treibt den öffentlichen Geift in der Regel eben fo weit in der entgegengefetzten Richtung über die Gleichgewichtslage hinaus." *)

Den Einflufz, welchen A. Smith auf Theorie und Praxis des Wirthfchafts- und Staatslebens während der erften Hälfte feiner nun hundertjährigen Wirkfamkeit unmittelbar und mittelbar ausgeübt hat, wird kaum zu hoch angefchlagen werden können, wenn wir auch immerhin anerkennen, dafz manches, im Guten wie im Schlimmen, auf feine Rechnung geftellt wurde, was bei genauer Sichtung feinen Nachfolgern zugehört.

Zwar es bildeten fich auch fchon in diefem Zeitraum nationalökonomifche Lehren aus, welche nicht auf Smith'fchem Boden erwuchfen, und in feinem Gedankenkreife keine Anknüpfung, ja fogar einzeln eine beftimmte Abweifung fanden. Die Werthfchätzung der immateriellen Güter neben den Sachgütern, welche Smith als allein commenfurable Gröfzen ausfchliefzlich betrachtet hatte, wurde fchon zu Anfang des Jahrhunderts faft gleichzeitig von dem Italiener Gioja, dem Franzofen Say, von dem Deutfchen Hufeland und dem Deutfchruffen Storch betont; die Lehre von der Productivität der Dienftleiftungen, mit jener auf's innigfte zufammenhängend, und, als weitere Confequenz derfel-

---

Rofcher und Held, neueftens von Lefer Begriff des Reichthums bei A. Smith (1874) zu erinnern.

*) J. St. Mill über Coleridge gef. Werke X. S. 192.

ben, die Anerkennung der wirthſchaftlichen Bedeutung der Geiſtesarbeit: — das waren doch Lehren, welche nicht mehr in die Welt des Rechnens und Abwägens ſich ſchicken wollten, die in dem Smith'ſchen Werke umſchrieben war. Aber die Macht desſelben, die geſchloſſene, bündige Beweisführung von der naturgeſetzlichen Ordnung der materiellen Intereſſen war doch noch viel zu ſtark, um durch ſolche Keime einer weitern und höhern Auffaſſung des Wirthſchaftslebens unter dem Geſichtspunkte der allgemein menſchlichen Intereſſen ſchon jetzt wirkſam reformirt werden zu können. Ja es gelang nicht einmal eine confequente Weiterbildung ſolcher Gedanken und eine innigere Verbindung mit dem bisherigen Beſtande von Lehren, ſo daſz mehr oder weniger unvermittelt neben der materialiſtiſchen Güterlehre die Lehre von der Werthſchätzung immaterieller und perſönlicher Güter ſtand.

Aber es war damit doch ſchon die Zeit vorbereitet, welcher es in dem Gebiete der Smith'ſchen Ideen entſchieden zu eng wurde. Je vollſtändiger die Richtigkeit ſeiner Anſchauungen über die Natur und die Urſachen des Nationalwohlſtands in der fortgeſchrittnen ökonomiſchen Geſellſchaft, in dem vervollkommten Productionsproceſſe und dem beſchleunigten Güterumlaufe ſich erwieſen, und je rückhaltloſer man dieſelben anzuerkennen ſich gewöhnt hatte, deſto weniger konnte man ſich doch mit der bloſzen Unterſuchung der Productionsvorgänge begnügen. Denn wenn auch immer die Unterwerfung der äuſzern Natur und die Dienſtbarmachung derſelben zu den Daſeinszwecken der Menſchen die erſte nothwendigſte wirthſchaftliche Leiſtung iſt, wenn auch immer in der Gütermenge zunächſt die Bedingung des Volkswohlſtandes liegt, ſo iſt die Summe der wirthſchaftlichen Erſcheinungen doch damit noch nicht erſchöpft. Dieſer Welt der Sachgüter ſtellte ſich die Welt der perſönlichen Güter gegenüber, mit ihren immateriellen Werthen, und ihrer geiſtigen, unbezahlbaren Arbeit, mit ihrer unberechenbar verſchiednen Werthſchätzung der Güter und ihrem individuell verſchiednen Maſz-

ftab der Wohlfahrt und Glückfeligkeit. Es fchien die Wiffenfchaft fchon damit vollftändig den Boden zu verlaffen, auf welchem A. Smith ftand, und auf den er fich abfichtlich befchränkte.
Der Sympathie, welche er in feiner Theory of moral Sentiments
als leitenden Trieb der menfchlichen Handlungen entwickelt hatte,
mafz er in feinem Wealth of Nations keine felbftändige Bedeutung zu; die geiftig-fittlichen Triebfedern des menfchlichen Verhaltens nahm er für das Wirthfchaftsleben als conftante Gröfzen
an, und wurde dadurch eben berechtigt zur Anwendung feines
ifolirenden Verfahrens bei Betrachtung der wirthfchaftlichen
Vorgänge. So verblieben für ihn nur die natürlichen und tech-
nifchen Urfachen zu unterfuchen, die für die Ausgeftaltung des
Güterlebens beftimmend find, um zu den Gefetzen der wirthfchaftlichen Phänomene in Production und Bedürfnifzbefriedigung,
in Güterumlauf und Vertheilung der Güter innerhalb der volkswirthfchaftlichen Organifation zu gelangen.

Nunmehr aber trat die ganze Reihe der pfychologifch-fitt-
lichen Urfachen, deren Entwickelung im Wefentlichen von den
natürlich-technifchen Urfachen unabhängig ift, mit Macht in den
Kreis der Erwägungen und verlangte eine radicale Prüfung des
ganzen volkswirthfchaftlichen Lehrgebäudes. Es galt zu unterfuchen wie weit angefichts der fortfchreitenden fittlichen Ver-
vollkommnung der Menfchen das Eigenintereffe als Bewegungs-
prinzip der Volkswirthfchaft beftehen bleiben könne, welchem
doch A. Smith eine fo dominirende ja ausfchiefzende Rolle im
Güterleben eingeräumt hatte; das Gleichbleibende und das Wan-
delbare in den menfchlichen Beftrebungen mufzte gefondert —
es mufzte mit einem Worte hiftorifch das Wirthfchaftsleben der
Völker unterfucht werden.

Wie weit man nun auch bei diefen an fich jedenfalls im
höchften Mafze berechtigten Unterfuchungen vom Ziele abge-
irrt, wie häufig auch die Mittel verfehlt wurden, um zu diefem
wiffenfchaftlichen Ziele zu gelangen, fo fteht doch jetzt, im
Grofzen und Ganzen, das Ergebnifz feft, dafz durch fie die

Smith'sche Nationalökonomie nicht etwa als irrig und verfehlt beseitigt und ein wesentlich verschiednes Lehrgebäude an ihre Stelle gesetzt wurde; sie hat sich vielmehr zunächst in denjenigen Partieen als ein bleibender Gewinn der Wissenschaft erwiesen, welche der Erforschung der Grundverhältnisse des Güterlebens gewidmet sind.

Denn gerade je mehr sich die Wissenschaft der Mannigfaltigkeit und des Wechsels der Erscheinungen bewußt wurde, je eingehender sie sich mit dem Studium der Culturentwickelung befaßte, um so deutlicher trat es hervor, daß auch in dem Bereiche der menschlichen Wirthschaftsbestrebungen grosze allgemeine Gesetze herrschen, welche auf dem unveränderlichen Wesen des Menschen und seinen unwandelbaren Verhältnissen zur Welt des Natürlichen und Sinnlichen beruhen, und eben deszhalb für alle Zeiten und alle Völker eine gleichmäfzige, unerschütterliche Gültigkeit haben. (Stein.)

Und auch für die wissenschaftliche Erfassung der Bedeutung, welche der geistig - sittlichen Persönlichkeit im Wirthschaftsleben zukömmt, ist die Smith'sche Theorie, wenn gleich nicht erschöpfend, aber doch auch nicht unbrauchbar. Einem Moralphilosophen von der Schärfe des Urtheils und der Feinheit der Beobachtung, wie wir diefz bei A. Smith finden, konnte es nicht entgehen, daß bei aller Constanz des allgemeinen Wesens der Menschen doch die Motive des Handelns in verschiedenen Zeiten, in wechselnder Umgebung und unter der Herrschaft verschieder, wandelbarer Ideen und sittlichen Vorstellungen sich sehr verändern, und damit auch ein praktisch sehr verschiednes Verhalten erzeugen.

Und ebenso nahegelegen war der Gedanke, daß nur soweit die Menschen gleichartige Bedingungen ihrer Existenz vorfinden sie ihr wirthschaftliches Verhalten auch gleichartig einrichten. Die Regelmäfzigkeit der ökonomischen Erscheinungen beruht also zwar im letzten Grunde in der unwandelbaren Menschennatur und ihren unveränderlichen Verhältnissen zu der Welt des natürlichen Dafeins; fie äufzert fich aber im Einzelnen in fehr verfchiedenen Formen der Wirthfchaft, je nach den Bedingungen des Dafeins und den fittlichen Vorftellungen eines Volkes. Es ift fchon bei A. Smith eine zweite, wenn auch nicht fcharf ausgefchiedne Gedankenreihe neben jener erften, in welcher die conftanten Grundformen der wirthfchaftlichen Erfcheinungen entwickelt werden; jene Reihe von Gedanken, in denen die Theorie einer hochcultivirten Volkswirthfchaft niedergelegt ift, wie fie den damaligen englifchen Zuftänden am nächften kam. In ihr ift demnach allerdings nur relative Wahrheit ausgefprochen, aber doch immerhin Wahrheit mit der ganzen Frucht der Erkenntnifz, welche immer, auch für veränderte Verhältniffe, refultirt, wo fie auf dem echt wiffenfchaftlichen Wege umfaffender exacter Beobachtung und logifchen Denkens gewonnen ift. Indem es der Wiffenfchaft feitdem gelungen ift, auch für diefes Gebiet der Bethätigung der geiftig-fittlichen Perfönlichkeit im Bereiche des Wirthfchaftslebens eine Gefetzmäfzigkeit der fcheinbar willkürlichen Handlungen der Menfchen darzuthun, die conftanten Grundformen für die Maffenwirkung pfychifche Kräfte zu erkennen und damit die Wirthfchaftslehre zu bereichern, ohne doch mit den Grundlehren der A. Smith'fchen Theorie zu brechen, hat fie den bündigften Beweis geliefert, dafz er den rechten Weg zur Erforfchung des Volkswohlftands eingefchlagen hat, wenn es ihm auch noch nicht gelang, das Bleibende von dem Wandelbaren, das in der Menfchennatur und feinem Verhältnifz zum natürlichen Dafein dauernd Begründete von dem zu fcheiden, was durch die Entwickelungsphafen des Intellekts, der fittlichen Vorftellungen und von den Befonderheiten der jeweiligen Exiftenzbedingungen beftimmt erfcheint.

Unfere Wiffenfchaft hat aber, nachdem einmal die Bahn der hiftorifchen Betrachtung betreten war, noch einen Schritt weiter gemacht in der Feftftellung der für den Volkswohlftand beftimmenden Urfachen, und hat fich damit befonders in einem Punkte über A. Smith erhoben, der gegenwärtig der Angel-

punkt aller nationalökonomifchen Unterfuchungen genannt werden mufz.

Schon die Aufnahme des Begriffs der immateriellen Güter
in den Kreis der Unterfuchungsobjekte führte zur Conftatirung
der Thatfache, dafz neben den Sachen und den perfönlichen
Dienften auch wefentlich volkswirthfchaftlich bedeutfame Verhältniffe den Güterbeftand eines Volkes ausmachen. Darunter
find nun allerdings wieder viele, welche eben fo genau wie Sachgüter abgefchätzt werden können (die res incorporales des römi-
fchen Rechts) und eben defzhalb felbft in dem blofz taufchwirth-
fchaftlichen Verkehre eine Stelle finden können, ohne die Gren-
zen der Wirthfchaftslehre wefentlich zu verrücken, wie fie Adam
Smith gezogen hatte. Aber die Mehrzahl diefer Verhältniffe
gehört doch entfchieden zu den incommenfurablen Werthen,
deren wertherzeugende und wertherhaltende Kraft, deren Eignung
und thatfächliche Anwendung zur Güterproduction Niemand zu
beftreiten vermag, ohne dafz fie doch eine adäquate Repräfen-
tation durch beftimmte Quantitäten anderer Güter zuliefzen. Befonders gilt das von den focialen Verhältniffen, in welche die
Menfchen fchon mit der Geburt eintreten, in welchen fie während
ihres ganzen Lebens mit unwiderftehlicher Macht feftgehalten,
und durch welche fie in ihrem ganzen Verhalten, insbefondere
aber auch in ihren wirthfchaftlichen Beftrebungen mit beftimmt
werden.

Und diefer Gedanke findet allerdings bei A. Smith keinen
entfprechenden Anknüpfungspunkt. Seine Vorausfetzung befteht
nicht blofz darin, dafz jede einzelne Perfönlichkeit, ihrem Wefen
nach frei und felbftbeftimmt, fich felbft am beften ihr eignes
Güterleben zu bilden weifz (Stein), und dafz die pfychologifchen
Impulfe des menfchlichen Handelns in gegebner Zeit überall in
gleicher Weife wirken; fondern er fetzt dabei auch voraus, dafz
die Menfchen in ihrem Streben nach Gütern durch Gefetzgebung
und Staatsgewalt, durch die gefellfchaftliche Schichtung und die
vorhandene Vermögensvertheilung nicht weiter gehindert feien,

Güter und Leiftungen in ftrenger Geldrechnung gegen einander auszutaufchen und zu begleichen, als diefz in der Wirkfamkeit der unabänderlich gegebnen Eigenthums- und Erbrechtsordnung und der diefelbe verbürgenden Staatsthätigkeit begründet ift. Und diefe Vorausfetzung ift allerdings nicht durchaus zutreffend. Die wirthfchaftliche Organifation eines Volkes, „die Art und Weife wie in einem Volke das Zufammenwirken der Einzelnen bei der Production und die Theilung des Productionsertrages geordnet fei" (Schmoller), fie ift in jeder Zeit und bei jedem Volke wefentlich mitbeftimmt durch die ganze gefellfchaftliche Ordnung der Klaffen und Stände, der Schichtungen des Berufs und des Befitzes, und durch die in Privat- und öffentlichem Rechte immer wandelnde und fich verändernde Ordnung, in welcher der Staat feine Dafeinszwecke zu verwicklichen ftrebt. Die Wirthfchaft fängt nicht mit jeder Generation von neuem an; fie beruht wefentlich auf dem ganzen Ergebniffe vorausgegangner Zeiten, und diefe Ergebniffe find nicht blofz öconomifche und technifche, fie find fociale und politifche Bildungen und Geftaltungen, die nun das neue Gefchlecht mit taufend und abertaufend Fäden an die Vergangenheit knüpfen und ihm eine fefte Ordnung feines Dafeins fchon in die Wiege legen.

Eine folche Auffaffung, die natürlich nur als eine gefchichtliche gedacht werden kann, fucht das Wirthfchaftsleben der Völker in dem ganzen Zufammenhang ihres Culturlebens zu erfaffen und drängt daher auch unwiderftehlich zur Erweiterung der Wiffenfchaft von einer blofzen Theorie des Volkswohlftands zu einer eigentlichen Sociallehre, von der jene nur einen Theil, allerdings einen fehr bedeutenden zu bilden hat.

Aber fo wenig die Wiffenfchaft durch die Aufnahme der ethifchen und pfychologifchen Gefichtspunkte in den Bereich ihrer Unterfuchung fich in Oppofition zu Adam Smith zu fetzen braucht, ja nicht einmal, wie Knies gemeint hat, aus ihm heraus geht, fondern ihn vielmehr nur erweitert, wo er fein Gefichtsfeld zu eng begrenzt, und ihn vertieft, wo er auf der Oberfläche der

Erfcheinung verblieben ift, fo wird die Wiffenfchaft auch durch
die Stellung, welche fie der Wirthfchaftslehre innerhalb der
Sociallehre anweist, durchaus nicht genöthigt, fich von ihrem
Meifter abzuwenden. Ift ja doch vor allem der ganze wiffenfchaftliche Standpunkt von Smith, die Betrachtung der menfchlichen Wirthfchaftsbeftrebungen unter der Herrfchaft focialer
Gefetze in vollfter Uebereinftimmung mit den Zielen der Socio-
logie, wenn er auch noch nicht alle diefelben beftimmenden
Urfachen gleichmäfzig gewürdigt hat; und anderfeits läfzt auch
das fociale Leben jene Stetigkeit feiner Dafeins- und Entwicke-
lungsbedingungen nicht vermiffen, welche die Vorausfetzung der
Ifolirung des Wirthfchaftslebens für die wiffenfchaftliche Betrachtung ift und auch von A. Smith als folche angenommen wurde.
„Die Gefellfchaft ift zu jeder Zeit ein ziemlich confolidirtes Syftem
von Anftalten und Bewegungscombinationen, welches mit einem
relativ grofzen Mafze thatfächlichen Beharrens und mit vielen
Schranken gegen willkürliche Ausfchreitungen der Theile ver-
fehen ift. Die relative Beharrlichkeit aller Einflüffe, die der fociale Körper erleidet, erzeugt für jede Epoche der Gefchichte beftimmte Richtungen der Bewegung und eine gewiffe Regelmäfzigkeit der bewufzten Coordination." *)

Indem wir uns das gegenwärtig halten und nie aufzer Augen
laffen, dafz der Wiffenfchaft als oberftes und letztes Ziel immer
die Erforfchung der ewigen Ordnung geftellt ift, welche über
alle Zeit und über alle Befonderheit hinweg der Menfchen Los
beftimmt, werden wir auch bei allem Fortfchritt des focialen
Wiffens nicht vergeffen, dafz die Nationalökonomie ihre rafchen
und grofzen Erfolge nicht allein dem praktifchen Intereffe ver-
dankt, das fich an den Gegenftand ihrer Unterfuchungen knüpft,
fondern noch mehr der Richtigkeit des von ihr eingefchlagenen,
ifolirenden Verfahrens,**) deffen Meifter Adam Smith war; wir

---

*) Vgl. Schäffle, Bau und Leben des focialen Körpers 1875. I. S. 725.
**) Vgl. Rümelin, über den Begriff eines focialen Gefetzes in „Reden
und Auffätze» 1875. S.

werden mit J. St. Mill*) beherzigen, dafz in dem Studium der Socialwiſſenſchaft die gröfzte Gefahr weniger darin liegt, falſches für wahr zu halten, als vielmehr einen Theil der Wahrheit für die ganze Wahrheit hinzunehmen, und werden dankbar ſtets anerkennen, dafz dieſer Theil der Wahrheit der Menſchheit in der mühevollen Geiſtesarbeit eines unabläſſig forſchenden Lebens von dem grofzen ſchottiſchen Weiſen von Kirkaldy errungen worden iſt.

*) In ſeiner Schrift über Coleridge, geſ. Werke X. S. 192.

Verlag der WAGNER'schen Univ.-Buchhandlung
in Innsbruck.

Von demfelben Verfaffer ift erfchienen:

Die Tendenz der Gross-Staaten-Bildung der Gegenwart.

Eine politifche Studie. 8⁰ 1869. Preis 60 kr. ö. W.

Verwaltungslehre in Umrissen,

zunächft für den akademifchen Gebrauch beftimmt. 8⁰ 1870.
fl. 2.60 ö. W.

Untersuchungen
über das Hofsystem im Mittelalter

mit befonderer Beziehung auf deutfches Alpenland.
Feftfchrift zur 40. Jubelfeier der Ludwig-Maximilians-Univerfität
in München.
8⁰ 1872. fl. 1.72 kr.

Idealismus und Realismus
in der National-Oekonomie.

Rede gehalten bei der Jahresfeier der Wiederherftellung der
Leopold-Franzens-Univerfität zu Innsbruck.
8⁰ 1873. 25 kr. ö. W.

Geschichte der Universität Innsbruck

feit ihrer Entftehung bis zum Jahre 1860 von
Dr. Jakob Probft.
gr. 8⁰. 1869. fl. 5 ö. W.

Von den an der Leopold - Franzens - Univerſität
in Innsbruck gehaltenen Feſt- und Gelegenheitsreden ſind im
Verlage der Wagner'ſchen Univerſitäts-Buchhandlung in Innsbruck, nebſt der vorſtehend verzeichneten Rede des Dr. von
Inama - Sternegg über Idealismus und Realismus, noch zu
haben:

Festrede zu Schiller's hundertjährigem Geburtstag, bei der von
der k. k. Univerſität zu Innsbruck veranſtalteten Feier in der
Aula am 16. November 1859 von Dr. Tob. Wildauer
50 kr.

Rede zu Johann Gottlieb Fichte's 100jährigem Geburtstag bei
der von der philoſoph. Fakultät an der Hochſchule zu Innsbruck veranſtalteten Feſtfeier am 19. Mai 1864 von Dr
Tob. Wildauer. 36 kr.

Ueber die Freiheit der Wissenschaft. Rede, gehalten zum
Amtsantritte als Rector magnificus 1866 von J. B. Wenig,
S. J. 28 kr.

Ueber die neueste Gestaltung des Völkerrechtes. Rede bei
Gelegenheit der feierlichen Kundmachung der Preisaufgaben
von Dr. Aug. Geyer 1866. 36 kr.

Ueber Wesen und Aufgabe der Sprachwissenschaft mit einem
Ueberblick über die Hauptergebniſſe derſelben. Nebſt einem
Anhang ſprachwiſſenſchaftlicher Literatur. Vortrag bei Gelegenheit der feierlichen Verkündigung der Preisaufgaben
1868 von Dr. Bernh. Jülg. 60 kr. ö. W.

Ueber den Merkantilismus. Vortrag, gehalten bei der Ver-
öffentlichung der Preis - Aufgaben für 1869/70 an der k. k.
Univerſität zu Innsbruck von Dr. Herm. Ign. Bidermann.
Mit Zuſätzen und Anmerkungen des Verfaſſers 1870. 60 kr.

Zur allgemeinen Charakteristik der arabischen Poesie. Vortrag, gehalten bei Gelegenheit der Veröffentlichung der
Preisfragen 1870 von J. B. Wenig S. J. fl. 1.—

Ueber die Fortschritte in der Strafrechtspflege ſeit dem Ende
des 18. Jahrhunderts. Rede, bei Gelegenheit der feierlichen
Kundmachung der Preisaufgaben 1873, gehalten von Dr. E.
Ullmann. 25 kr.